El mejor regalo del mundo
LA LEYENDA DE LA VIEJA BELÉN

The Best Gift of All
THE LEGEND OF LA VIEJA BELÉN

JULIA ALVAREZ

Bookmobile
FOUNTAINDALE PUBLIC LIBRARY DISTRICT
300 West Briarcliff Road
Bolingbrook, IL 60440-2894
(630) 759-2102

D1003207

Ilustraciones • Illustrations
Ruddy Núñez

Traducción • Translation
Rhina P. Espaillat

ALFAGUARA

© This edition:
2009, Santillana USA Publishing Company, Inc.
2023 NW 84th Avenue
Miami, FL 33122, USA
www.santillanausa.com

Text © 2008 Julia Alvarez

Managing Editors: Isabel C. Mendoza and Ruth Herrera
Art Director: Mónica Candelas
Illustrator: Ruddy Núñez
Spanish Translation: Rhina P. Espaillat

Alfaguara is part of the **Santillana Group**, with offices in the
following countries:

ARGENTINA, BOLIVIA, CHILE, COLOMBIA, COSTA RICA, DOMINICAN REPUBLIC,
ECUADOR, EL SALVADOR, GUATEMALA, MEXICO, PANAMA, PARAGUAY, PERU,
PUERTO RICO, SPAIN, UNITED STATES, URUGUAY, AND VENEZUELA

El mejor regalo del mundo: La leyenda de la Vieja Belén
The Best Gift of All: The Legend of La Vieja Belén
ISBN: 978-1-6226-3149-0

All rights reserved. No part of this book may be reproduced,
transmitted, broadcast or stored in an information retrieval
system in any form or by any means, graphic, electronic or
mechanical, including photocopying, taping and recording,
without prior written permission from the publisher.

Published in the United States of America
Printed in the United States of America by NuPress

15 14 13   1 2 3 4 5 6 7 8 9

For Mami, *mi querida Viejita Belén*

There was an old woman, named La Vieja Belén,
who was always so busy, her days had no end.

She was busy at sunrise, still working at noon.
At sunset, at midnight, lights shone in each room.

She washed and she dusted; she sewed and she swept;
between batches of cookies I suppose that she slept.

The flowers in her garden were arranged in neat rows;
the stars over her house seemed more brightly to glow.

Era una viejita —Belén se llamaba—
con tantos oficios, que nunca acababa.

Desde muy temprano y hasta el mediodía,
de tarde y de noche su lámpara ardía.

Lavaba, cosía, barría y trapeaba;
no sé si dormía, quizás cuando horneaba.

Sus flores crecían en filas muy rectas.
Su casa adornaban estrellas perfectas.

4

She polished your shoes when you came in her gate
and mended the holes in your socks while you ate.

Before you could leave, La Belén had you take
a toy or a trinket or a treat she had baked.

She wanted each person to feel cared for and blessed.
When that job was finished, she claimed she would rest.

She was hardworking, friendly, and generous, too.
But she never took time to just sit down with you.

And so, though her house seemed a heaven times ten,
Something was missing—La Vieja Belén!

Lustraba el calzado de todo el que llegaba;
le zurcía las medias mientras almorzaba.

Insistía en que todos habían de llevarse
un bizcocho, un regalo, antes de marcharse.

Jamás descansaba sin haber dejado
al huésped contento, feliz y mimado.

Era amable y generosa, ¡el mundo es testigo!,
pero no se sentaba ni un ratito contigo.

Y así, aunque su casa era más que un Edén,
algo hacía falta: ¡La Vieja Belén!

As she dusted her flowers one wintry night,
La Vieja Belén beheld such a sight—

a star shone more brightly than any she'd seen.
Perhaps it was one she had recently cleaned?

It beamed a bright path over oceans, on shore,
up hill and down hill to stop at her door.

Una noche, al pasarle a las flores un paño,
La Vieja Belén observó algo extraño:

una estrella tenía un increíble fulgor
y de ella salía un halo arrollador.

Se abrió paso la luz y cruzó todo el mar,
la playa y el monte, y a su puerta fue a dar.

And not only that, on that path she saw coming
with a flurry of banners and a fanfare of drumming:

One! Two! Three! Kings?! She rubbed hard at her eyes,
for, believe me, just one would have been a surprise!

They rode camels with saddles that were made of pure gold;
their robes sparkled with diamonds; their breaths plumed in the cold!

She dashed around madly, cleaning up- and downstairs—
though, truly, there wasn't a bit of dust anywhere.

Y por el camino de luz deslumbrante,
con toque de tambores y banderas ondeantes,

venían... ¡tres reyes! ¿Qué magia era esa?
¡Con uno bastaba para ser sorpresa!

Montaban camellos con arreo dorado,
trajes de diamantes y el aliento helado.

Ella se afanó y limpió por doquiera,
removiendo el polvo, ¡como si lo hubiera!

When the knock came, she had three featherbeds ready.
Her table was spread with a banquet already!

The first said, "I'm Melchior." The second, "I'm Gaspar."
"Can you guess," grinned the third, "who then is Balthazar?"

"We wonder," they asked her, "if by chance you might know
of a king born in a stable in the last day or so?"

"A *king* born in a *stable*?" "Yes, ma'am," they repeated.
"A king born for the poor, not the least bit conceited."

"A *king* born for the *poor*?" The three answered, "Exactly."
They nodded their crowned heads quite matter-of-factly.

Tocaron la puerta… ¡La cama tendida
ya los esperaba, y la mesa servida!

"Soy Melchor", dijo el primero, y el segundo, "Soy Gaspar",
y el otro bromeó, "¿Cuál crees que es Baltasar?".

"Disculpe", preguntaron, "¿quizás ha sabido
si en algún pesebre un rey ha nacido?".

"¿Un *rey*? ¿En un *pesebre*?" "Pues sí, un chiquillo,
rey de los pobres, muy manso y sencillo".

"¿Un *rey* de los *pobres*?" "¡Sí, precisamente!"
Y cada corona se inclinó, insistente.

13

La Belén said, "I'm sorry. I don't know any kings.
But would you like supper and a soft bed to sleep in?"

"I'm hungry," said Gaspar, "I'd love some of that stew."
"I'm starved," added Melchior. Balthazar boomed, "Me, too!"

But though they were famished, the kings wouldn't eat
unless the old woman took part in the treat.

"A meal without company is meat without sauce!
We can only enjoy this if you share it with us."

And so, she was forced to oblige their request.
La Belén sat down, and she dined with her guests.

Ella dijo: "Lo siento, de reyes no sé nada.
Pero, ¿aceptan la cena y la cama arreglada?".

Dijo Gaspar: "Con gusto; veo que hay guiso de cerdo".
Dijo Melchor: "¡Tengo hambre!", y Baltasar, "¡De acuerdo!".

Pero a pesar del hambre, comer no quisieron
si la Vieja Belén no cenaba con ellos.

"¡Un banquete sin amigos es manjar desabrido!
El plato da gusto sólo si es compartido."

Y así la obligaron, por fin, a ceder,
y con los tres reyes se sentó a comer.

The kings feasted, they rested; they thanked her and smiled;
they asked her to join them in search of this child.

La Belén was so tempted, *a king born for the poor*!
But her eyes fell on their mud tracks and crumbs on the floor,

the pile of dishes to be washed and then dried,
the featherbeds fluffed, the rugs shaken outside.

"I'm sorry," she told them, "I've got too much to do—
Perhaps when I'm done here, I'll catch up with you..."

Después del festín y una buena siesta,
los tres la invitaron a unirse a su gesta...

"¡Un rey de los pobres!", pensó, y quiso verlo.
Pero el piso con migas, había que barrerlo;

había platos sucios, ollas que pulir,
camas que tender y alfombras que batir.

"Lo siento", les dijo, "tengo mucho que hacer.
Los alcanzo luego, quizás... voy a ver...".

The next day, as she cleaned, as she made up the beds,
the kings' invitation went 'round in her head.

She put salt in her cookies and soap in her bread.
She couldn't remember if her hogs had been fed.

A king for the poor! she remembered and sighed,
as she gazed up with longing at the stars in the sky.

By the end of the week, she glanced 'round in distress:
My word, but her house was a terrible mess!

Al día siguiente, al hacer la limpieza,
la invitación de los reyes bullía en su cabeza.

Puso sal en los bizcochos y jabón en el pan.
Tan distraída estaba que a los puercos dio flan.

"¡Un rey de los pobres!" Se paró a mirar
hacia el cielo estrellado, no sin suspirar.

A los ocho días, observó su casa:
"¡Qué enorme desorden! ¿Qué es lo que me pasa?".

She felt so forlorn since her three guests had gone.
It no longer mattered that she get her chores done.

"I'll join them!" she thought. "But what shall I bring?
What would be the best gift to give to a king?"

Melchior had brought gold; Gaspar, myrrh in a flask.
"Guess who brought frankincense?" Balthazar had asked.

She searched all her cupboards and filled up a sack
with all of the treats and the toys she could pack.

Sentía tanta pena de no ir con los reyes,
que ya no importaba si hacía sus quehaceres.

Y entonces decide: "¡Los voy a alcanzar!
Pero... ¿qué regalo a un rey le va a agradar?".

Melchor llevaba oro, y mirra, Gaspar.
"¿Y quién lleva incienso?", bromeó Baltasar.

Buscó en los armarios, y un saco llenó
con todos los juegos y dulces que halló.

She set out at night, led on by the star;
in a week those three kings could not have gone far.

She traveled for years, decades, centuries, eons,
asking Persians, Africans, Indians, Europeans,

if three kings had come by in search of a fourth;
she thought when they left her, they'd been headed north...

Y partió esa noche, siguiendo la estrella,
pensando que pronto daría con la huella.

Viajó muchos años, y siglos de siglos;
a persas, a moros, europeos e indios

les ha preguntado: "¿Han visto a tres reyes?
Van buscando a otro, como amigos fieles".

But no one had seen them. To this day she keeps searching,
and at each house she stops, if there's a poor little urchin,

she wonders, "Could this be the king for the poor?"
And so, just in case, she leaves a treat at that door.

For truly she's found after thousands of miles,
there's a prince or a princess inside every child.

Hasta hoy continúa su búsqueda intensa,
y si a un niño pobre se encuentra, ella piensa:

"¿Será éste el rey de los pobres, acaso?".
Y deja un regalo en la puerta, de paso.

Porque ha descubierto, en su eterna aventura,
que vive un monarca en cada criatura.

Sometimes as she travels, she looks up to the sky,
and at those times, you bet, she lets out a sigh...

remembering the lesson she learned from those guests:
of all the gifts you can give, your time is the best.

So if she finds children awake where she stops,
she sits down on their beds and asks them, "What's up?"

And believe me, she'll listen for as long as it takes,
for she would not want to repeat her mistake

of being too busy to give time to her friends.
La Vieja Belén won't be missing again!

Mira mucho al cielo en su largo viajar,
y suspira siempre, siempre, al recordar

lo que aprendió un día con aquellos reyes:
el mejor regalo es el tiempo que entregues.

Si hay niños despiertos, con gusto se sienta
en la cama, y pregunta, "A ver, ¿qué se cuenta?".

Y sí, los escucha: nada de ocuparse
con sus mil quehaceres; nada de alejarse

de aquellos amigos que a su lado estén.
¡Nunca estará ausente la Vieja Belén!

About the Story

When I was a little girl growing up in the Dominican Republic, there were three occasions for getting gifts around the Christmas season.

Since the majority of people were Catholic, many children received their presents on Christmas Day from *El Niño Jesús*. I always thought it was very nice of the Baby Jesus to bring us presents on *His* birthday. Over the years, with the influence of the United States, the Baby Jesus gave way to Santa Claus, who somehow managed to get his sled to work on our warm, snowless, tropical landscape.

The second time you could get gifts was on Epiphany, the Feast of the Three Kings. These Magi, who long ago brought gifts for the Baby Jesus, now brought gifts for us. On the night of January 5th, before we went to bed, we left grass for the camels and cigarettes for the Magi—something we would never do now—and water for all of them. Next morning, the grass and cigarettes were gone, and there were gifts for us by the empty water bowl.

The last chance to get gifts was a week later from an old woman named La Vieja Belén. She left gifts for poor children, who hadn't received gifts on the other two occasions. She was the poor people's Santa Claus, *Niño Jesús*, and Magi rolled into one. We weren't poor, but still, she always stopped at our house and left us some simple gift—a bunch of pencils, or some jacks, or a bag of marbles, or a couple of chocolate bars.

Often I would ask my *mami* and old *tías* who was this old lady? How come she cared so much about poor people? No one could tell me. Her name means Bethlehem, so maybe she had come all the way from that holy place to remind us in the Dominican Republic. Remind us of what? I wondered.

I also used to ask my mami if I couldn't leave La Vieja Belén a glass of water and a cigarette, too, just as with the Three Kings. After all, she was an old woman without a camel or sled for transportation. Not only that, she had remembered what I had completely forgotten in all the excitement of big bulky boxes that were a joy to rip open at Christmas and Epiphany: bicycles trimmed with gay streamers on the handlebars, darling baby dolls who looked so real they left you breathless with mother love—she remembered that there were children out there who would not have gotten anything at all had La Vieja Belén not remembered them.

As I researched the legend for this book I discovered that La Vieja Belén is not known in any other country but the Dominican Republic. Curiously, though, there is a popular Italian legend about an old witch, La Befana, who comes at Epiphany and helps the Three Kings deliver their gifts. Maybe Italians who moved to the Dominican Republic in the late 1800s brought her story along? The story of La Befana inspired my own story of our Vieja Belén in the Dominican Republic.

Some Dominican scholars believe that La Vieja Belén originated with immigrants from the English Caribbean, known as *cocolos*, who came to the island to work in the cane fields. They brought their own traditions, among these the figure of an old black woman, riding a mule, remembering the poorest of the poor.

Whether Italian or *cocola* or *pura criolla*, La Vieja Belén was the only resource for poor parents who could not afford to give their children gifts on Christmas or Epiphany. They waited until after the holiday season when rich children threw out their old toys and stores marked down their unsold merchandise. Then, these poor parents could give their children a gift, recycled or bought—with the help of La Vieja Belén, of course.

But no one knows for sure where the legend of La Vieja Belén came from. I'm just glad someone was making sure that children who had not received presents on Christmas or Epiphany finally received a gift at long last.

Many children today do not know who La Vieja Belén is. She is slowly disappearing from Dominican culture. Unfortunately, poverty is not disappearing along with her.

That is why I wanted to write this book: so that La Vieja Belén will remain alive in our hearts and in our imagination. May she remind us all of the true spirit of gift-giving. And, as she herself learned, may we never forget that the best gift of all is the *time* we give to those we love, talking or taking a walk or reading a book together.

Acerca de esta historia

Cuando yo era niña y vivía en República Dominicana, había tres ocasiones en las que los niños recibían regalos durante la temporada navideña.

Dado que la mayoría de la población era católica, muchos niños obtenían sus regalos el día de Navidad, y se los traía el Niño Jesús. Siempre me pareció muy amable el Niño Jesús al hacernos regalos el día de *su* cumpleaños. Con el tiempo, debido a la influencia de Estados Unidos, el Niño Jesús fue cediendo paso a Santa Claus, o sea, san Nicolás, quien de algún modo lograba poner en marcha su trineo en nuestro paisaje cálido, tropical y sin una pizca de nieve.

La segunda ocasión en que se podía recibir regalos era la Epifanía, más conocida como la fiesta de los Reyes Magos, quienes hace muchos años le llevaron regalos al Niño Jesús y ahora nos los traían a nosotros. La noche del 5 de enero, antes de irnos a dormir, acostumbrábamos poner hierba para los camellos, cigarrillos para los Reyes (cosa que jamás haríamos hoy en día) y agua para todos. Al día siguiente, la hierba y los cigarrillos habrían desaparecido, y al lado del vaso de agua vacío, habría presentes para nosotros.

La última oportunidad de recibir algo vendría la semana siguiente, gracias a una anciana llamada la Vieja Belén. Ella les traía regalos a los niños pobres, que no habían recibido nada hasta entonces. La Vieja Belén era, para los pobres, como una combinación de Santa Claus, el Niño Jesús y los Reyes Magos. Aunque nosotros no éramos pobres, ella siempre paraba en nuestra casa y nos dejaba algo modesto: un paquete de lápices, un juego de *jacks*, una bolsa de canicas o unos chocolates.

Muchas veces les pregunté a mi mami y a mis tías más viejas quién era esa anciana, y por qué se ocupaba tanto de los pobres. Nadie supo explicármelo. Su nombre era igual al del pueblito donde nació el Niño Jesús; quizás había venido desde tan lejos, desde ese lugar sagrado, para recordarnos algo a los dominicanos. Pero yo me preguntaba: ¿recordarnos qué?

También le preguntaba siempre a mi mami si podía dejarle a la Vieja Belén, como a los Reyes, un vaso de agua y un cigarrillo. Después de todo, era una anciana sin camello ni trineo que le sirviera de transporte. Pero no era sólo eso: ella recordaba lo que yo había olvidado por completo, en medio de la emoción que producía abrir aquellas enormes cajas el día de la Navidad y el Día de Reyes…, aquellas bicicletas con los manubrios adornados con cintas de colores y aquellos adorables muñecos tan parecidos a un bebé de verdad que uno se llenaba de amor maternal… : la Vieja Belén se había acordado de tantos niños que no habrían recibido absolutamente nada de no haber sido por ella.

Mientras investigaba los orígenes de la leyenda para escribir este libro, descubrí que el personaje al que llamamos la Vieja Belén sólo se conoce en República Dominicana. Sin embargo, curiosamente existe una leyenda popular italiana que habla de una bruja anciana llamada La Befana. Ella aparece durante la fiesta de la Epifanía y ayuda a los Reyes Magos a repartir regalos. Quizás los italianos que inmigraron a República Dominicana a fines del siglo XIX nos trajeron la historia de esta viejita. La leyenda de La Befana inspiró mi propia narración de nuestra Vieja Belén en República Dominicana.

Algunos estudiosos dominicanos creen que la Vieja Belén tuvo su origen entre los inmigrantes de las Antillas inglesas, los llamados "cocolos", quienes vinieron a nuestro país a trabajar en los cañaverales. Ellos trajeron sus propias tradiciones; entre ellas, el personaje de una vieja de raza negra, montada en mula, que siempre recordaba a los más pobres entre los pobres.

Ya sea italiana, cocola o "pura criolla", la Vieja Belén era el único recurso de los padres pobres, que no tenían dinero suficiente para comprarles regalos a sus hijos ni el día de la Navidad ni el Día de Reyes. Ellos acostumbraban a esperar hasta que pasaran las fiestas, cuando los niños ricos desechaban sus juguetes viejos y las tiendas vendían a precio de oferta la mercancía que les quedaba. Sólo entonces, esos padres podían darles regalos a sus hijos, ya sea reciclados o comprados en rebaja, con la ayuda de la Vieja Belén, por supuesto.

Pero nadie sabe con certeza cuál es el origen de la leyenda de la Vieja Belén. Para mí, lo importante es que había alguien ocupándose de que aquellos niños que no recibieron nada para la Navidad ni para el Día de Reyes, tuvieran al fin un regalo.

Hoy, muchos niños no saben quién es la Vieja Belén. Esta figura ha ido desapareciendo poco a poco de la cultura dominicana. Por desgracia, la pobreza no ha hecho lo mismo.

Es por eso que quise escribir este libro: para que conservemos a la Vieja Belén en el corazón y en la imaginación. Ojalá ella nos recuerde el verdadero significado de dar regalos. Y así como ella lo aprendió, ojalá nunca olvidemos que el mejor regalo de todos es el *tiempo* que dedicamos a nuestros seres queridos, ya sea conversando, dando un paseo o leyendo juntos un libro.